La Farce de Maître Pathelin

FichesdeLecture.com

La Farce de Maître Pathelin (Fiche de lecture)

I. RÉSUMÉ

L'histoire se passe au quinzième siècle dans une petite paroisse. Maître Pathelin se fait passer pour un avocat malgré le fait qu'il n'a pas fait d'études en ce sens. Il est marié à Guillemette. Le couple est dans une situation financière désastreuse et Guillemette se plaint à son mari qu'elle n'a plus de vêtements convenables à se mettre. Pathelin, malgré le fait qu'il n'a pas un sou, décide donc de se rendre à la foire et de se procurer du drap afin de pouvoir se faire faire des habits neufs pour lui et son épouse.

Notre avocat se rend donc à la boutique du drapier Guillaume et il commence par user de flatteries afin de l'amadouer. Il regarde la marchandise et arrête son choix sur un drap qui lui semble de bonne qualité. Guillaume lui fait un prix qui malgré le fait qu'il soit plus élevé que la véritable valeur du drap en question, est accepté par Maître Pathelin. Mais, l'avocat demande à Guillaume de lui faire crédit et emporte le drap chez lui après avoir invité Guillaume à venir manger de l'oie. Il lui promet de le payer alors en écus d'or. Guillaume se rend donc chez Pathelin, mais celui-ci nie s'être rendu chez Guillaume dans la journée, car il se dit malade et alité depuis onze semaines. Guillemette est sa complice et appuie son mari dans cette duperie. Guillaume s'en retourne donc à sa boutique sans son argent. Il est de fort mauvaise humeur et se rend compte qu'il vient de se faire rouler.

Son berger Agnelet lui parle alors d'une assignation à comparaître au tribunal pour des moutons qu'il aurait volés à Guillaume. En effet, le drapier possède un troupeau de moutons et se sert de la laine pour filer ses tissus. Il a élevé Agnelet et a fait de lui son berger, mais Agnelet, insatisfait de son salaire, a fait un carnage dans le troupeau. Le berger, sachant que tout compromis est exclu, se rend chez Maître Pathelin et l'engage comme avocat en lui promettant beaucoup d'argent. Pathelin accepte, mais monte une supercherie en demandant à Agnelet de ne répondre aux questions qui lui seront adressées au tribunal que par « bée ». Il passera donc pour complètement idiot et sera libéré. Le subterfuge réussit à merveille, mais Agnelet, une fois le procès terminé, continue à bêler quand Maître Pathelin lui demande de le payer pour ses services. Pathelin réalise qu'il vient de se faire avoir et qu'il ne sera jamais payé. Il menace d'appeler un sergent, mais Agnelet réussit à prendre la fuite.

II. RÉSUMÉ DE LA FARCE DE MAITRE PATHELIN

Scène première

Chez Pathelin

Dans cette scène, Maître Pathelin se plaint à sa femme Guillemette que malgré tous ses efforts, il ne réussit pas à se sortir de la pauvreté et à amasser de l'argent. Il dit regretter le temps où il exerçait le beau métier d'avocat. Guillemette se moque de lui en affirmant qu'il n'a jamais été avocat, mais qu'il n'est qu'un filou de la pire espèce. Elle se plaint qu'elle n'a plus rien de convenable à se mettre sur le dos. Maître Pathelin lui ordonne de se taire et lui assure qu'il réussira à se procurer assez de drap de laine pour que les deux puissent se confectionner des robes neuves malgré qu'il n'ait pas un sou vaillant. Il lui annonce qu'il a l'intention de se rendre à la foire chez un marchand qui lui procurera le drap dont il a besoin. Il part en recommandant à Guillemette de prendre soin de tout en son absence.

Scène 2

Dans la boutique du drapier

Maître Pathelin se rend chez le drapier Guillaume. Il commence par s'enquérir de sa santé et de la bonne marche de son commerce. Il le flatte ensuite sur sa famille et en particulier, il vante son père défunt en affirmant que Guillaume lui ressemble comme deux gouttes d'eau. Il loue le père qui faisait, selon lui, toujours crédit à ses bons clients. Il demande également des nouvelles de la jolie tante de Guillaume, la bonne Laurence. Il regarde ensuite la marchandise et arrête son choix sur un drap bleu clair dont il a une envie folle, mais dont il trouve le prix trop élevé. Il décide tout de même d'en acheter assez pour lui et sa femme, mais demande à Guillaume de lui faire crédit. Il demande au marchand de lui laisser emporter le drap et de venir chez lui chercher son argent. Il essaie de l'attirer en lui déclarant que sa femme est en train de faire rôtir une oie et qu'il va se régaler. Guillaume accepte à contrecoeur et Pathelin emporte le drap en riant sous cape, content de son subterfuge. Guillaume se moque de Pathelin car il lui a vendu le drap à un prix supérieur à sa vraie valeur. Chacun est content et fier d'avoir réussi à tromper l'autre.

Scène 3

Chez Pathelin

Pathelin rentre chez lui tout heureux de montrer le drap à Guillemette, mais celle-ci s'inquiète de la façon dont son mari s'acquittera de cette dépense. Pathelin la rassure en lui disant qu'il n'aura pas besoin de payer, car il a tellement louangé le marchand que celui-ci lui en a fait presque cadeau. Guillemette voit dans cette histoire une analogie avec la fable du corbeau et du renard. Mais Pathelin lui dit qu'il a invité Guillaume à venir manger de l'oie et qu'il craint qu'il ne lui réclame l'argent. Il fera donc semblant d'être malade et alité depuis un certain temps et il demande à Guillemette de jouer le jeu avec lui. À eux deux, Pathelin est certain que le marchand ne se rendra pas compte de la supercherie et n'osera pas exiger de paiement pour sa marchandise.

Scène 4

Chez le drapier

Guillaume se prépare à partir chez Maître Pathelin. Il se réjouit à l'idée de faire un bon repas, de boire un coup et surtout de recevoir son argent... Il se met en route avec enthousiasme.

Scène 5

Devant puis dans la maison de Pathelin

Guillaume se présente à la maison de Maître Pathelin et demande à le voir. Guillemette lui dit que son mari est malade et alité depuis onze semaines. Guillaume ne comprend pas et réclame son argent. Guillemette lui assure que c'est impossible que Pathelin se soit rendu à sa boutique aujourd'hui et le traite de menteur. Elle lui ordonne de sortir sur-le-champ. La querelle éclate et Pathelin fait semblant de se réveiller. Il fait aussi semblant de délirer et d'avoir des visions afin de mieux tromper Guillaume le marchand. Mais celui-ci insiste pour être payé et Pathelin, feignant de le prendre pour son médecin, se met à se plaindre de mille maux. Guillemette demande à Guillaume encore une fois de partir et lui répète que Pathelin est alité depuis onze semaines. Elle dit craindre pour sa réputation si Guillaume s'attarde plus longtemps. Le marchand finit donc par partir. Guillemette et Pathelin rient et savourent leur victoire, mais craignent tout de même encore le retour de Guillaume. De fait, celui-ci revient, certain cette fois d'avoir été roulé par le couple. Guillemette le fait entrer et lui assure que Pathelin délire et se meurt. Guillaume exige son argent. Pathelin, en apercevant Guillaume se met à débiter toutes sortes de sottises pour lui faire croire à son délire. Il se met à parler toutes sortes de patois différents. Guillaume est exaspéré et veut son argent afin de pouvoir s'en aller. Mais Pathelin joue son rôle avec tant de conviction que Guillaume finit par être persuadé de sa mort prochaine et s'excuse auprès de Guillemette pour son insistance à réclamer son dû. Il finit par croire que ce n'est pas Pathelin qui lui a pris son drap, mais le diable lui-même. Il renonce à son argent et s'en va en donnant son drap à celui qui l'a pris pour l'amour de Dieu. Guillemette et Pathelin sont très contents d'eux et se réjouissent d'avoir enfin du beau drap pour se faire des robes neuves.

Scène 6

Chez le drapier

De retour chez lui, Guillaume se désole que tout le monde lui prenne son bien même son berger Agnelet qu'il traite de canaille. Celui-ci annonce à son maître qu'un homme est venu avec une assignation à comparaître au tribunal. Guillaume lui reproche d'avoir assommé plusieurs agneaux et de les avoir mangés d'où l'origine de l'assignation. Agnelet nie tout et lui demande de ne pas écouter les mauvaises langues. Agnelet veut régler l'affaire en dehors des tribunaux, mais Guillaume ne veut rien entendre. Agnelet se voit donc dans l'obligation de se défendre devant un juge.

Scène 7

Chez Pathelin

Agnelet se rend chez Maître Pathelin et lui demande de plaider sa cause devant le tribunal. Il raconte à Pathelin toute l'affaire et avoue avoir assommé une trentaine de moutons en trois ans et avoir fait croire à Guillaume qu'ils étaient morts de maladie. Le marchand lui demandait donc de les jeter et Agnelet pouvait donc les manger sans crainte. Mais Guillaume finit par le faire surveiller et découvre toute l'affaire. Agnelet sait qu'il est coupable, mais il promet des écus d'or à Maître Pathelin si celui-ci accepte de le défendre et de retourner la situation à son avantage. Afin de pouvoir gagner la cause, Pathelin demande à Agnelet de toujours répondre aux questions par « bée » comme s'il ne savait rien dire d'autre et ainsi faire croire qu'il n'est qu'un idiot. Pathelin lui demande de conserver cette attitude quoi qu'il arrive. Agnelet promet de s'y tenir. Ils partent pour le tribunal, mais chacun de son côté, car Pathelin ne veut pas qu'on sache qu'il connaît Agnelet et lui sert d'avocat.

Scène 8

Au tribunal

Le juge arrive et demande qu'on expédie l'affaire au plus vite, car il a d'autres affaires à entendre ailleurs. Guillaume lui expose sa plainte. Il explique au juge qu'il a élevé Agnelet par charité et en a fait son berger. Mais celui-ci a commis un véritable carnage parmi ses bêtes. Pathelin intervient alors et Guillaume reconnaît en lui l'homme qui lui a volé son drap. Il réclame encore une fois son argent, mais Maître Pierre nie tout. Le juge ne comprend rien à cette histoire de drap et demande à Guillaume de revenir à ses moutons, mais Guillaume insiste encore pour se faire payer ce qu'on lui a pris. Pathelin demande qu'on interroge Agnelet et celui-ci se borne à répondre par des « bée » comme Pathelin lui a demandé de le faire. Devant l'étonnement du juge, Pathelin déclare qu'Agnelet doit être fou ou complètement idiot. Guillaume continue à parler de son drap, mais le juge lui ordonne de revenir à l'affaire qui les préoccupe. Guillaume accepte, mais se met à parler en mélangeant les deux affaires ce qui rend son discours incompréhensible. Le juge est de plus en plus énervé et Pathelin accuse Guillaume d'avoir retenu le salaire de son berger. Il s'offre à devenir le conseiller d'Agnelet sans se faire payer un sou, car il affirme avoir pitié de lui et de sa bêtise. Mais Agnelet répond à toutes les questions de Pathelin par « bée ». Pathelin déclare au juge qu'Agnelet est fou de naissance et qu'il doit être acquitté de son crime. Le juge accepte et décide de lever l'audience, mais Guillaume recommence à accuser Maître Pathelin de lui avoir volé son drap et il réclame encore son argent. Pathelin accuse Guillaume de ne jamais avoir payé son salaire à Agnelet et donc les moutons qu'il a mangés sont une juste compensation. Le juge décharge donc Agnelet de la plainte de Guillaume et défend à celui-ci de poursuivre son berger. Il quitte la cour en invitant Maître Pierre à venir souper avec lui, mais Pathelin décline l'invitation.

Scène 9

Devant le tribunal

Guillaume demande encore une fois à Pathelin l'argent de son drap. Pathelin nie encore et toujours avoir été celui qui est venu à la boutique et qui est reparti avec le drap. Guillaume dit reconnaître sa voix. Pathelin lui réplique en disant s'appeler Jean de Noyon. Guillaume reconnaît également le visage de Pathelin, mais celui-ci nie de plus belle. Alors Guillaume décide d'aller voir à la maison de Maître Pathelin pour voir s'il y est afin d'en avoir le cœur net.

Scène 10

Devant le tribunal

Pathelin s'entretient avec Agnelet et lui demande s'il est content de ses services. Agnelet ne répond que par « bée ». Pathelin lui dit qu'il peut maintenant parler normalement et demande à être payé, mais Agnelet continue à répondre par « bée ». Après avoir beaucoup insisté, Pathelin comprend qu'il ne sera jamais payé et qu'il vient de se faire avoir à son tour. Il menace de faire venir un sergent, mais Agnelet réussit à prendre la fuite.

III. ANALYSE DES PERSONNAGES

Personnages

Dans « La farce de Maître Pathelin », il y a très peu d'informations sur les personnages que ce soit au niveau de leur physique ou de leur passé. Quelques indices viennent nous éclairer tout au long du récit, mais très peu. L'emphase est mise sur l'action uniquement au détriment de tout le reste exactement comme dans une pièce de théâtre.

Maître Pierre Pathelin

Pathelin se dit avocat, mais il n'en est pas vraiment un. Il a plutôt un talent certain pour la plaidoirie et s'en sert pour se faire passer pour juriste. En réalité, c'est un imposteur doublé d'un filou.

Une phrase au début de la pièce prouve son imposture « *Et pourtant, je n'ai guère appris le latin.* » À l'époque de l'histoire, soit au quinzième siècle, l'unique langue parlée à l'université était le latin. Donc, nous voilà certains que Maître Pathelin n'a pas fait de longues études.

Pathelin possède un amour-propre et une assurance assez développés. Il a une grande confiance en ses capacités comme on peut le constater par cette phrase : « *Personne ne s'y connaît mieux que moi en l'art de plaider.* » Mais il n'est pas très honnête et se sert souvent de son talent pour exploiter et rouler les gens autour de lui.

Pathelin n'est pas riche, il n'a pas un sou vaillant et s'en plaint. Il considère sa situation indigne de lui et a recours à la malhonnêteté pour se procurer le drap pour les nouveaux habits qu'il désire. C'est un flatteur, un beau parleur qui enrobe son discours de miel afin de mieux tromper ses victimes. Lisez comment il flatte Guillaume afin de mieux le tromper : « *Eh bien, voici quelqu'un qui sait mener sa barque ; autrement vous ne seriez pas le fils de votre père ! Vous ne cessez jamais de travailler, jamais, jamais... »*

Maître Pathelin a déjà eu affaire avec la justice et possède une assez mauvaise réputation dans sa paroisse comme nous le révèle cette phrase de Guillemette : « *Je vous en prie, souvenez-vous de ce samedi, où l'on vous a mis au pilori. Vous savez bien qu'ils vous ont tous accusé de n'être qu'un fourbe.* »

Il se fait avoir par le berger Agnelet et reçoit ainsi une bonne leçon d'humilité : « *Je me croyais le maître des fourbes, le roi des faiseurs de discours, des payeurs en belles paroles... et un simple berger me surpasse !* »

Curieusement, le personnage de Maître Pathelin ne m'est pas complètement antipathique, car j'admire l'imagination dont il fait preuve pour parvenir à ses fins. Je n'approuve cependant pas ses méthodes, mais il est tout de même très débrouillard.

Guillemette

Elle est l'épouse de Maître Pathelin et aussi sa complice. Elle n'a pas une très haute opinion de son mari comme on peut le constater dans cette phrase : « *Votre égal en fourberie ! C'est bien vrai que, dans ce domaine, vous êtes un véritable maître.* »

Guillemette ne croît plus en son époux et affiche une attitude désabusée et pessimiste quant aux capacités de Pathelin de redresser leur situation financière désastreuse. Cependant, elle joue le jeu quand son mari lui demande de l'assister dans sa prestation mensongère destinée à tromper le marchand Guillaume : « *Je vous jure que je saurai bien jouer mon rôle. Mais si vous retombez dans les mains de la justice, j'ai peur que ce soit deux fois pire que l'autre jour.* »

Ce que j'aime de Guillemette, c'est la solidarité dont elle fait preuve envers son époux malgré le fait qu'elle soit grandement déçue de lui et de sa soi-disant habileté à plaider. Elle ne le respecte plus tellement, mais continue à l'aider et à le soutenir.

Guillaume Joceaulme

Guillaume est marchand de drap. Il a hérité du commerce de son père et se décrit comme un homme travaillant et honnête. Il possède un troupeau de brebis et fabrique son propre drap avec leur laine. Mais Guillaume aussi est rusé, car il n'hésite pas à vendre son drap à Pathelin à un prix exagéré comme en témoigne ce passage : « *Ce filou-là est bien naïf. Il a pris à vingt-quatre sous l'aune du drap qui n'en vaut pas vingt !* »

Guillaume a la réputation d'un homme dur en affaires comme l'exprime Guillemette dans cette phrase : « *Comment a-t-il pu vous le vendre à crédit, lui qui est si dur en affaires ?* »

Guillaume n'est pas naïf et il se rend compte assez vite qu'il est en train de se faire rouler par Pathelin : « *Ce soiffard d'avocat au rabais, il tient les gens pour des imbéciles... Il mérite d'être pendu, aussi bien qu'un hérétique. Il a mon drap, jarnidieu ! Il m'a roulé.* »

Il est tenace, plutôt avare et n'a de cesse de réclamer le paiement pour le drap vendu à Maître Pathelin mais en vain malheureusement.

Thibault Agnelet

Il s'agit du berger travaillant pour Guillaume. Celui-ci l'a recueilli par charité quand il était enfant et l'a élevé. Quand Thibault fut en âge d'aller aux champs, Guillaume en a fait son berger. Mais Thibault, insatisfait de son salaire, a fait un véritable carnage dans le troupeau de Guillaume et lui a mangé plusieurs bêtes. Thibault reçoit donc une assignation à comparaître devant le tribunal pour répondre de ses actes. Il demande à Maître Pathelin de lui servir d'avocat, mais s'arrange pour ne pas le payer une fois sa cause entendue et gagnée. Il est rusé et intelligent.

Il connaît la réputation de l'avocat. Voyez de quelle façon il demande à Maître Pathelin de l'aider : « *Je vous en prie, Monsieur, je voudrais qu'à nous deux nous lui préparions un piège pour qu'il tombe dedans. Je sais bien que sa cause est bonne, mais vous trouverez bien un moyen de la rendre mauvaise.* »

J'ai beaucoup aimé ce personnage en apparence insignifiant, mais qui est capable de ruse et de faire preuve de beaucoup d'intelligence malgré sa condition modeste de berger.

Le juge

Le juge est un homme pressé qui n'aime pas perdre son temps. Il est autoritaire et semble en bons termes avec Maître Pathelin car le procès terminé, il l'invite à venir souper avec lui. Malgré tous les efforts de Guillaume pour se faire entendre au sujet de l'affaire du drap, le juge ne l'écoute pas et ne veut s'occuper que de l'affaire des moutons d'où l'expression « *Revenons à nos moutons* ».

IV. ANALYSE DES THÈMES

La duperie

Ce qui est amusant dans cette pièce, c'est que chacun essaie de duper l'autre avec plus ou moins de succès. Pathelin essaie de duper Guillaume en tentant de se procurer son drap sans payer alors que Guillaume croît rouler Pathelin en lui vendant le drap à un prix trop élevé pour sa vraie valeur.

Agnelet, insatisfait de son salaire de berger, trompe Guillaume en lui faisant croire que plusieurs de ses moutons étaient atteints de maladie et qu'il a été dans l'obligation de les tuer alors qu'il les a mangés tout simplement.

Pathelin trompe le juge en demandant au berger Agnelet de ne répondre aux questions qu'en bêlant comme un mouton et faire croire ainsi qu'il est fou ou complètement idiot.

Le berger Agnelet trompe finalement Pathelin en continuant à bêler alors que le procès est terminé et qu'il n'a plus besoin de le faire. Il peut ainsi s'enfuir sans payer Pathelin pour ses services d'avocat.

Autrement dit, tout le monde trompe tout le monde. C'est une excellente démonstration de ce que l'être humain est capable de faire afin de parvenir à ses fins.

La justice

On réalise tout de suite après la lecture de cette pièce que la justice n'existe pas toujours ou est toute relative. Pathelin réussit à tromper le juge en faisant passer Agnelet pour un idiot alors que Guillaume ne réussit pas à se faire entendre et repart sans avoir obtenu justice pour le drap qu'il a fourni à Maître Pathelin.

De plus, le juge est pressé, car il a d'autres affaires à entendre et ne prend pas nécessairement tout le temps qu'il faut pour bien comprendre les plaintes de chacun. La justice dépend donc parfois de l'humeur du juge et de son emploi du temps…

Le mariage

J'ai choisi ce thème qui n'est pas un des plus importants, mais tout de même, le couple formé par Guillemette et Maître Pathelin vaut la peine qu'on s'y attarde un peu. Malgré les difficultés financières, c'est un couple relativement uni puisque Guillemette accepte de jouer le jeu pour tromper Guillaume. C'est une femme qui ne respecte plus tellement son mari, elle le traite même de filou et doute de ses capacités à les sortir de cette mauvaise situation.

Pathelin se vante à sa femme de ses talents oratoires et veut absolument améliorer leur sort, mais les moyens qu'il prend pour y parvenir sont plus que discutables. Le couple se soutient d'une étonnante façon, ils ne sont pas ennemis, mais complices.

V. ANALYSE DU STYLE

Personne ne connaît l'auteur de cette pièce de théâtre qu'est « La Farce de Maître Pathelin ». Elle a été écrite au quinzième siècle, mais on ignore la date de la première représentation. La pièce a été écrite en dialecte d'Ile-de-France avec des mots picards et normands. On soupçonne l'auteur d'être normand. Il s'adresse à un public cultivé, mais le public populaire apprécie la vivacité de l'intrigue et la vérité des personnages.

C'est une pièce qui comporte dix scènes de longueur variable. Les personnages ne sont pas très développés et on ne sait pas grand-chose d'eux, mais l'accent est mis sur l'intrigue et l'action.

Le vocabulaire est précis et comporte de nombreux termes juridiques qui laissent croire que l'auteur possédait de bonnes connaissances dans ce domaine. Il y a beaucoup d'expressions populaires imagées telles que « lanterner » et « avocat d'eau douce ». De plus, la pièce renferme cinq monologues en différents patois régionaux : limousin, picard, normand, breton et finalement en latin, langue parlée dans le milieu universitaire au Moyen-Âge.

Pour les lieux, la presque totalité de l'action se passe en intérieur soit à la maison de Maître Pathelin, dans la boutique du drapier Guillaume et au tribunal. Les deux dernières scènes se passent à l'extérieur, devant le tribunal.

Cette pièce est une comédie conçue au départ pour faire rire et réagir les spectateurs et elle atteint pleinement son but. Chacun essaie de tromper l'autre. À mon avis, c'est du théâtre dont Molière s'est sans doute inspiré pour plusieurs de ses pièces.

C'est une lecture très agréable et divertissante.

Dans la même collection en numérique

Les Misérables
Le messager d'Athènes
Candide
L'Etranger
Rhinocéros
Antigone
Le père Goriot
La Peste
Balzac et la petite tailleuse chinoise
Le Roi Arthur
L'Avare
Pierre et Jean
L'Homme qui a séduit le soleil
Alcools
L'Affaire Caïus
La gloire de mon père
L'Ordinatueur
Le médecin malgré lui
La rivière à l'envers - Tomek
Le Journal d'Anne Frank
Le monde perdu
Le royaume de Kensuké
Un Sac De Billes
Baby-sitter blues
Le fantôme de maître Guillemin
Trois contes
Kamo, l'agence Babel
Le Garçon en pyjama rayé
Les Contemplations

Escadrille 80
Inconnu à cette adresse
La controverse de Valladolid
Les Vilains petits canards
Une partie de campagne
Cahier d'un retour au pays natal
Dora Bruder
L'Enfant et la rivière
Moderato Cantabile
Alice au pays des merveilles
Le faucon déniché
Une vie
Chronique des Indiens Guayaki
Je voudrais que quelqu'un m'attende quelque part
La nuit de Valognes
Œdipe
Disparition Programmée
Education européenne
L'auberge rouge
L'Illiade
Le voyage de Monsieur Perrichon
Lucrèce Borgia
Paul et Virginie
Ursule Mirouët
Discours sur les fondements de l'inégalité
L'adversaire
La petite Fadette
La prochaine fois
Le blé en herbe
Le Mystère de la Chambre Jaune
Les Hauts des Hurlevent
Les perses
Mondo et autres histoires
Vingt mille lieues sous les mers
99 francs
Arria Marcella
Chante Luna

Emile, ou de l'éducation
Histoires extraordinaires
L'homme invisible
La bibliothécaire
La cicatrice
La croix des pauvres
La fille du capitaine
Le Crime de l'Orient-Express
Le Faucon malté
Le hussard sur le toit
Le Livre dont vous êtes la victime
Les cinq écus de Bretagne
No pasarán, le jeu
Quand j'avais cinq ans je m'ai tué
Si tu veux être mon amie
Tristan et Iseult
Une bouteille dans la mer de Gaza
Cent ans de solitude
Contes à l'envers
Contes et nouvelles en vers
Dalva
Jean de Florette
L'homme qui voulait être heureux
L'île mystérieuse
La Dame aux camélias
La petite sirène
La planète des singes
La Religieuse
1984 A l'Ouest rien de nouveau
Aliocha
Andromaque
Au bonheur des dames
Bel ami
Bérénice
Caligula
Cannibale
Carmen

Chronique d'une mort annoncée
Contes des frères Grimm
Cyrano de Bergerac
Des souris et des hommes
Deux ans de vacances
Dom Juan
Electre
En attendant Godot
Enfance
Eugénie Grandet
Fahrenheit 451
Fin de partie
Frankenstein
Gargantua
Germinal
Hamlet
Horace
Huis Clos
Jacques le fataliste
Jane Eyre
Knock
L'homme qui rit
La Bête humaine
La Cantatrice Chauve
La chartreuse de Parme
La cousine Bette
La Curée
La Farce de Maitre Pathelin
La ferme des animaux
La guerre de Troie n'aura pas lieu
La leçon
La Machine Infernale
La métamorphose
La mort du roi Tsongor
La nuit des temps
La nuit du renard
La Parure

La peau de chagrin

La Petite Fille de Monsieur Linh

La Photo qui tue

La Plage d'Ostende

La princesse de Clèves

La promesse de l'aube

La Vénus d'Ille

La vie devant soi

L'alchimiste

L'Amant

L'Ami retrouvé

L'appel de la forêt

L'assassin habite au 21

L'assommoir

L'attentat

L'attrape-coeurs

Le Bal

Le Barbier de Séville

Le Bourgeois Gentilhomme

Le Capitaine Fracasse

Le chat noir

Le chien des Baskerville

Le Cid

Le Colonel Chabert

Le Comte de Monte-Cristo

Le dernier jour d'un condamné

Le diable au corps

Le Grand Meaulnes

Le Grand Troupeau

Le Horla

Le jeu de l'amour et du hasard

Le Joueur d'échecs

Le Lion

Le liseur

Le malade imaginaire

Le Mariage de Figaro

Le meilleur des mondes

Le Monde comme il va

Le Parfum

Le Passeur

Le Petit Prince

Le pianiste

Le Prince

Le Roman de la momie

Le Roman de Renart

Le Rouge et le Noir

Le Soleil des Scortas

Le Tartuffe

Le vieux qui lisait des romans d'amour

L'Ecole des Femmes

L'Ecume Des Jours

Les Bonnes

Les Caprices de Marianne

Les cerfs-volants de Kaboul

Les contes de la Bécasse

Les dix petits nègres

Les femmes savantes

Les fourberies de Scapin

Les Justes

Les Lettres Persanes

Les liaisons dangereuses

Les Métamorphoses

Les Mouches

Les Trois mousquetaires

L'étrange cas du Dr Jekyll et de Mr Hyde

L'Ile Au Trésor

L'île des esclaves

L'illusion comique

L'Ingénu

L'Odyssée

L'Ombre du vent

Lorenzaccio

Madame Bovary

Manon Lescaut

Micromégas
Mon ami Frédéric
Mon bel oranger
Nana
Ne tirez pas sur l'oiseau moqueur
Notre-Dame de Paris
Oliver twist
On ne badine pas avec l'amour
Oscar et la dame rose
Pantagruel
Le Misanthrope
Perceval ou le conte du Graal
Phèdre
Ravage
Roméo et Juliette
Ruy Blas
Sa Majesté des Mouches
Si c'est un homme
Stupeur et tremblements
Supplément au voyage de Bougainville
Tanguy
Thérèse Desqueyroux
Thérèse Raquin
Ubu Roi
Un Barrage contre le Pacifique
Un long dimanche de fiançailles
Un secret
Vendredi ou la vie sauvage
Vipère au poing
Voyage au bout de la nuit
Voyage au centre de la terre
Yvain ou le Chevalier au lion
Zadig

À propos de la collection

La série FichesdeLecture.com offre des contenus éducatifs aux étudiants et aux professeurs tels que : des résumés, des analyses littéraires, des questionnaires et des commentaires sur la littérature moderne et classique. Nos documents sont prévus comme des compléments à la lecture des oeuvres originales et aide les étudiants à comprendre la littérature.

Fondé en 2001, notre site FichesdeLectures.com s'est développé très rapidement et propose désormais plus de 2500 documents directement téléchargeables en ligne, devenant ainsi le premier site d'analyses littéraires en ligne de langue française.

FichesdeLecture est partenaire du Ministère de l'Education du Luxembourg depuis 2009.

Plus d'informations sur www.fichesdelecture.com

ISBN: 978-2-511-02928-2

Notes :

Made in the USA
Monee, IL
07 July 2026

56545180R00017